달의 해변을 펼치다

천년의시 0055

달의 해변을 펼치다

1판 1쇄 펴낸날 2016년 3월 2일
지은이 박천순
펴낸이 이재무
책임편집 박찬세
디자인 이영은
펴낸곳 (주)천년의시작
등록번호 제301-2012-033호
등록일자 2006년 1월 10일
주소 (04618) 서울시 중구 동호로27길 30, 413호(묵정동, 대학문화원)
전화 02-723-8668
팩스 02-723-8630
홈페이지 www.poempoem.com
이메일 poemsijak@hanmail.net

ⓒ박천순, 2016, printed in Seoul, Korea

ISBN 978-89-6021-262-6 04810
    978-89-6021-105-6 04810(세트)

값 9,000원

달의 해변을 펼치다

박 천 순 시 집

천년의시작

이 시집 속의 나는 내가 아니다.

나를 찾아왔던 수많은 연민들!
이들을 다독이는 데 오랜 시간을 보냈다.
이제 절망의 나날도 사랑해야 함을 안다.

묵묵히 걸어가는 문장은 아름답다.
이들이 꽃과 바람, 눈비를 잘 견뎌주면 좋겠다.

차 례

시인의 말

2부

제1부

사라진 이름

고비사막에 눈물을 두고 왔다

모래 속에서 자라는 작은 나무가
벌판에 번져 나와 흩뿌리던
비린 허브 향기
풍화된 짐승의 뼈에선
푸석한 휘파람 소리가 들렸다

데스스토커˚ 꼬리에 독을 발라줘야 하는데
밤 10시의 태양이 물고 있는
눈을 찾아와야 하는데

간밤, 바람은 모래 무덤을 만들어놓고
사라질 이름을 쓰다듬는다
끝없이 쏟아지는 모래 알갱이
몸이 흩어지고 있다

시간을 안다면 얼마나 낡은 내음이 날까

● 데스스토커 : 전갈 중에서 가장 독이 센 1급 전갈.

그림자

빌딩 사이로 들어서는 순간
나는 캄캄해진다

가슴에 굳은살이 만져진다 심장이 헐떡일 때마다 살갗에
붉은 틈이 벌어진다 살 속으로 안개가 서늘하게 지나가고 손
바닥엔 그늘이 축축하다 벽과 벽 사이에서 말이 되지 못한 기
침이 터져 나올 때마다 뼈가 하나씩 녹아내린다 엘리베이터
문이 열리자 발가락을 타고 오른 먼지가 온몸에 서걱댄다 손
가락 사이로 모래가 줄줄 흘러나온다

몸을 벗을 수 없는 몸이다
뒤꿈치가 닳은 채 걷다가
당신이 숨을 고를 때 깜박깜박
사라졌다 또 나타난다

나는 당신을 부화시키고 어둠만 남은 껍질이다

부푸는 접시

해발 사천구백 미터 티베트
하늘과 맞닿은 집에서 접시 돌리는 남자
식탁 위, 싱크대 속 접시가 하늘로 날아간다

마음껏 상상해도 좋다
아무도 안을 들여다본 이 없다

공갈빵처럼 부푼 접시 안에
별빛을 잘라 먹으며
상현달 하현달
달 부메랑을 던지며 놀고 있다

막대를 높이 세울수록
상상의 꼬리를 뻗으며 부푸는 접시

히말라야 지붕 아래 내려앉은
내가 탄 접시도 돌아간다
23.4도 기운 접시야 둥글게 둥글게 부풀어 올라라
별빛 한 덩이 뚝 떼어 네게 던져주마

생각이 흘러내리는 매끈한 이마
식탁 위에 접시만 풍성하다

고비를 건너다

고비에서 바람을 만나면 누구나 악기가 된다

바람이 켜는 지평선, 마두금 소리를 듣고
낙타는 새끼에게 젖을 물린다

어디를 가도 나는 없고
언제 돌아와도 너는 없다

들꽃 사이에서 뒹구는 소의 흰 뼈에서
삶과 죽음의 경계조차 지워지고

스스로 이정표가 되어야 하는 이곳
자신을 위로하는 소리 하나쯤 품고 있어야 한다

이 악물었던 시간 다 녹여내는
어미 낙타의 눈물

굳은살 박힌 신기루 속에
서늘하고 아득한 노래를 풀어내본다

풍화된 구름 그림자
다시 몸을 일으켜 흐르기 시작한다

봄날의 탭댄스

따각따각 소리가 따라다니는 그의 뒤꿈치에서 마술처럼 눈이 내리고 아이가 태어나고 꽃이 피었습니다 무반주로 꽃잎을 오므렸다 펼쳤다 따각 또그닥 또각 덜 녹은 계절도 리듬을 탔습니다 나무들도 벌레 구멍을 열고 닫으며 푸른 음들을 길어 올렸습니다 새들이 날아올라 도돌이표 사이를 오갔습니다

뼈와 뼈 사이에서 지워진 달은 아직 돋아날 기미가 없습니다

파놉티콘

여기 빗장을 열면
발 디딜 곳 없는 허공,

나는 아침마다 느낌표를 품어요
바나나처럼 멋대로 많아지고 멋대로 짓물러버리는 느낌표
말이 많은 입술에는 말줄임표를 붙여두어요

녹슬어가고 있는 당신 앞에서
감정이 풍부하다는 건 차라리 저주에 가깝죠
얘야, 저 골목 너머는 무섭구나
멋대로 쏘아보는 가로등의 깨진 눈빛을 피할 수가 없구나

시든 꽃 같은 손가락을 잡으려는데
어느새 물컹 흘러내리는 과육,
검은 물이 질척해요
흩어지고 사라지는 예보들
굴러갈 수 없어요 일어설 수 없어요
한 입 베어 물면 구름은 흐느적거리기만 할 뿐

시퍼렇게 멍든 심장
중심에서 먼 여기는 언제까지 푸른빛일까요?

테렐지*

늙은 말은 무릎을 꺾었다 일어나곤 한다
그때마다 들꽃들이 웅성거린다

말은 오랫동안 들꽃의 영혼을 하늘로 져 날랐다
아침 이슬에도 눈 뜨지 못하는 꽃을 찾아
커다란 눈망울로 영혼을 비춰보곤 했다

꽃의 죽음이 말의 발굽에 젖어 있다

● 몽골의 지명.

갇힌 말

나는 방음벽 너머 귓등
회로가 끊어진 입술
몸 깊은 곳에서 보내는 신호는
살과 뼈를 지나기 전에 시들어버려요

이슥한 밤 허리가 깊이 접힐 때
난소에 혹이 자라는지, 사라지는지
잠을 모르는 심장이나 핏줄은 어떤 꿈을 꾸는지
알지 못해요
몸속에 갇힌 말들이 얼마나 많은지요

감정이 흘러나오는 눈동자
읽히지 못한 말들이
무덤 위 풀처럼 수북하네요
목소리는 자라지 않고
풍경은 영원히 멀어요

태어나지 못한 울음이 뚝뚝 삭제되고 있어요

거울

눈길 한번 주지 않으니,
나는 혼자 오래 발효되어야 했다

마른 눈

둥그렇게 모여선 얼굴들
오르락내리락 두레박이
부딪치며 흘리며 물을 퍼냈다

우물이 바닥을 보이자
소녀가 그 안으로 들어갔다
우물은 차곡차곡 포갠 손바닥으로
소녀의 발을 잡아주었다

소녀는 섬세한 손길로 우물의 기억을 닦았다
돌에 붙은 이끼까지 가지런히 잘라주었다
소녀의 검은 눈썹에 물방울이 맺혀 있었다

손금이 드러난 우물의 손바닥
그러나 두레박이 사라졌다
다시 올라갈 수 없었다

우물 속의 소녀는
동심원의 물결 속으로 들어가
다시 돌아오지 않는 메아리가 되었다

모르는 방

푸른 커튼을 열면 붉은 커튼이 앞을 가려
초인종을 누르면 사이렌이 울려
모서리가 접힌 골목에서
아무리 걸어도 방은 보이지 않아

손전등을 찾는데 어둠이 보여
웅크린 바람이 안개를 뜯고 있어
흰 창이 검은 창을 끌고 나와
캄캄한 층계를 쌓고 있어
난간에서 흔들리는 허방이 보여

눈빛을 고정시킬 수 없어
심장을 읽으면 머리가 엉켜버려
오른손이 몰래 했던 일을
왼손은 모르는 척 알고 있어

일곱 색깔의 머리핀을 꽂고
매일 골목을 반죽하고 있어
주무를 때마다 형체가 바뀌는
골목 끝에 방은 서 있어
다가갈수록 흩어지는 우리

소문

누군가 고장 난 양팔저울 위에 나를 올려놓는다

뼈대 위에 두툼한 살을 붙였다 다시 덜어내고 있다

펄럭이는 입술,

양쪽 귀가 긍정과 부정 사이에서 삐걱거린다

그때부터 발이 출렁인다

강바닥에 닿아본 적 없는 바람
물방울을 굴리며 오리를 따라가고

빗물이 떨어지는 강 아래
비에 젖지 않는 모래가 출렁이고

빗소리는 물의 경계에서 풀리고
울림만으로 소리를 안아보는 조약돌
몸속에 비의 무늬를 새겨 넣고

물의 껍질은 강에서 부풀고
접히다 늘어나며 투명한 씨앗을 부화시키고

껍질 속으로 들어갈 수 없어
강가를 맴도는 나의 발엔
강의 지문이 찍히고

히키코모리

커튼을 단다
지나가는 바람의 얼굴이 가려지고
햇빛의 손가락이 잘린다

커튼 속 방이 희미해진다
화분에서 뻗은 줄기가 틈을 비집고
햇빛을 핥으려 한다
줄기를 톡톡 끊어
꽃 없이도 열매 맺는 법을 가르친다

전화벨도 초인종 소리도
커튼을 넘지 못한다

거울로 보았던 나를 한 컷 한 컷 인화하여
사방 벽에 붙여놓는다

소리들이 들끓던 왼쪽 귀는 어디로 갔을까
남은 오른쪽 귀에 자물쇠를 채운다

안과 밖의 경계에서

다시는 흔들리는 않는 커튼
내 얼굴도 점점 단단해진다

아득

새들이 건너다니던 잡목의 숲은
겨울의 입김에 사라졌다
눈 속에서 더 가난해진 발자국이
사금파리 무늬를 만든다
흰 능선을 넘어도 앞서간 흔적은 보이지 않는데
이 길의 끝에도
몸을 입은 뜨거운 생명이 모여 살까
내려앉은 하늘을 쓸어보면
손가락 사이로 먹구름만 묻어나고
말없이 뒤따르는 발자국마다
잊었던 얼굴들이 고여 있다
언 땅 위로 밭은 호흡을 뱉어내도
쌓인 기침은 빠져나오지 않는다
온몸으로 떨고 있는 숲
보이지 않는 길이 더 아득해진다

악수

순간, 읽힌다
당신이 내 페이지를 넘긴다
마음속에서
손마디에서
나를 움직인다
모음과 자음을 뒤섞는다
내 손금도 당신을 읽어내느라
갈라지고, 이어지고
당신의 물음표가 자라다가
행간에서 멀어지다
우리는 늘 앞 페이지만 읽힌 채
찢어진 뒤 페이지에
내가 만든 당신을 써넣고
당신이 만든 나를 써넣고
밋밋한 입술로 오늘도
안녕하세요?
반갑습니다!

거문고처럼 검은 밤

하나의 탯줄에 매달린 여섯 마리의 새

한쪽 또 한쪽 붙이면 둥근 일상이 되는

손가락에 스미어 오래도록 아린 첫사랑

저만치 멀어져도 지워지지 않는 몽정

가끔 하늘에 날 선 조각달로 걸리기도 하는

쨍그랑

1.

오래전 한 나무에 수목장을 지낸 부부가 있었다

한 세상 떠돌던 남자를 여자는 나무 안에 가두려 했다
비좁은 방에서 살 부비며 살고 싶었다
그러나 남자는 향기로운 새소리에 입 맞추며
걸핏하면 바람을 따라 나섰다
저 세상에서도 혼자 있을 때가 많은 여자
나무에 귀를 대면 종종 접시 깨지는 소리가 났다

2.

조각가는 그들을 엿보기로 했다

 나무를 한 겹 벗겨내자 옹이 하나에 두 가슴을 맞댄 남녀의
형상이 나타났다 큰 접시 작은 접시 깨지는 소리가 남자와 여
자를 하나로 묶고 있었다 사포로 옹이를 문지르자 서로를 향
해 퍼져 나가는 물결무늬, 소란한 곳은 더 깊게 파고 조용한
곳은 둥글게 돋우기도 하며 안을 들여다보자 꼭 껴안은 두 사
람이 드러났다 하나의 심장으로 엉겨붙은 두 몸이 나무의 나
이테를 돌리고 있었다

여름 한낮

바람에 날리던 현수막도
꼬물꼬물 올라오던 음식물 쓰레기 냄새도
골목을 뛰어다니던 아이들 웃음도
약 떨어진 시계추처럼 멈추고

뙤약볕만이 몸을 뒤척이는 순간,

휘청거리며 혼자 걷고 있는
검은 그림자
타르처럼 끈적거리는 권태가
발바닥에서 길게 늘어지고 있다

뼈는 당당했다

이리저리 자세를 바꾸며 찍은 척추가
부끄럼 없이 버티고 서 있다
알몸의 뼈는 바람을 본 적이 있을까
노을의 냄새를 맡은 적이 있을까
밤마다 살을 뚫고 나가고 싶은 욕망을 움켜잡고
하얗게 정신을 깎아내던 뼈
고통이 나로부터 분리되어 나를 고문할 때
아무런 방어기제도 없이
흙이 될 살을 다독이며 서 있는 몸속 나무
한쪽으로 무너지기 시작한 건
떨어진 신음을 모아 밤에게 바치던
당신 때문인가, 편향된 사랑의 습관 때문인가
어둡고 깊은 적막 때문에
모공에서 눈물이 흐른 적 있다
가면을 벗고 생각에 잠겨 서 있는 뼈는
당신을 대변하기에 얼마나 좋은 자세인가

가방 속에서 악어를 꺼냈어

질긴 가죽의 무늬 속에는
경계의 습성이 남아 있다

그의 입을 건드리면
질식 직전의 악어새가 튀어나온다
자정의 달빛을 통째로 삼키기도 하는

그러나 아무 때나 입을 벌리진 않는다
닫았다 풀었다
정밀한 동작이 지퍼를 닮았다

살갗은 쉽게 어긋나거나 고장 나지 않는다
아래윗니가 잘 맞물린 입술,
속에서 이빨이 날을 세운다

그와 외출할 땐 가방인 양 보살펴야 한다
늦은 밤, 오토바이에 끌려가거나
비상등 불빛에 찢어져
바닥에 제 알을 쏟지 않도록

두껍고 딱딱한 가죽으로 집을 짓는다
그가 손을 내밀지 못하게
내 발이 빠져나가지 못하게

물속에서 키운 아이들

푸른 뒤꿈치를 들고
물결 사이를 걸어왔다

뼈마디가 더 어두워지는 소리
모퉁이마다 이마를 맞댄 그림자가 두터워졌다

탱탱하게 여문 혹들
몸속 아지랑이가 꿈틀거리곤 했다

평상에 누워 있으면
낡은 바람이 손금을 천천히 짚어간다

물 마른 연못의 징검돌 몇 개
때론 움켜쥔 주먹이 길을 만든다

연꽃은 지고
뼈처럼 단단한 연밥이 익어간다

태동

별들이 밤송이처럼 열려
숨을 쉴 때마다 빛을 뿜는다

밤이 떨어지는 토실하고 매끄러운 밤
알밤 같은 아기 하나 낳고 싶다

여자의 배는 날카로운 직선도 곡선으로 풀어내고
가시 속엔 동그란 방
가시 없는 아기가 자란다

별이 배를 톡톡 찰 때마다
하늘 한쪽이 환해진다

밤송이가 몸을 구부려 태의 문을 열고 있다

나는
가시 박힌 오늘 밤에도
밤톨 같은 아기 하나
품으러 간다

이 별, 이별

어제 본 장의차가 또 지나가네
창문마다 찢어진 커튼을 달고 있는 거리
불 꺼진 벽에서 오래된 눈물이 번져 나오네

당신이 키우던 사랑초가
잎을 펼쳤다 접었다 할 때마다
나는 불빛과 그림자 사이를 오가네

달빛을 파먹으며 사라진 당신이
흘려놓고 간 노래
쓴 소주 냄새가 배어 있네

어둠이 시리게 출렁이면
질긴 안개 속을 헤매다 돌아오는 영혼 하나

언제나 축축한 베개
점점 숨이 죽네

마침표는 없다

굳은 몸을 소독 솜으로 닦다가
얼굴에서 멈춘다
캄캄하다
귓속에 마지막으로 들어간 소리는
끝내 빠져나왔을까
저 코로 나왔던 날숨은
어느 들숨을 찾아 떠났을까
숨소리는 간데없고 막힌 구멍은 적막하다

구순의 주름을 흰 분으로 채우고
손톱 발톱을 잘라 주머니 안에 넣는다
아주 잠깐 이어진 길과 끊어진 길을 생각한다
늘 바깥으로 열려 잘리고 지워지던 몸,
열 갈래 스무 갈래 헤매던 길들을
안으로 꽁꽁 묶으면
더 이상 수정도 완성도 없는

문장은 영영 미완성이라 아름답다

제2부

오래전의 일

왼쪽 쌍꺼풀이 접혔다 펴질 때마다
눈꼬리에 이슬이 맺혔다

어깨에 걸친 당신 그림자와
그림자에 숨은 내 발목

귓속에서 구르는 바람 소리와
바위가 말랑해지는 속도

나무 아래 고인 희미한 어둠을
둥근 손톱 밑에 심었다

가슴 안쪽과 심장 바깥쪽의 진동

흐르는 물처럼 리듬이 전해지는
당신 손바닥과 내 손바닥

꽃 피는 입술은 오래전의 일

겨울만 있는 달력

네 편지를 앞에 두고
얇아진 달력을 바라본다
너는 소백산의 겨울 바람을 이야기했고
나는 새순 돋는 화분 이야기를 한다
너는 얼음 하늘에 발이 빠졌다고 썼고
나는 정오를 스치는 메론 향이
목에 맺힌다고 쓴다
네 편지는 안개구름이 몰려와
산봉우리를 덮고 발을 지운다고 썼고
나는 죽어서도 손을 풀지 않는
연인나무가 보고 싶다고 쓴다
층층나무 새싹이 돋아날 때
층층 계단 위에 네가 서 있으면
좋겠다고 쓰다가
달력을 덮는다

기울어가다

풀만 먹는 여자가 제풀에 지쳐 앓아누웠다 축 늘어진 그녀
에게 남자는 약쑥을 달여서 먹인다 약쑥의 쓰고 보드라운 숨
결이 여자의 몸속을 훑고 지나가자 시들었던 혈관에 물기가
돌고 넝쿨손이 바람에 이끌려 일어난다 여자가 아침마다 잎
을 여는 사랑초를 생각하는 사이, 흔들리던 줄기 하나가 남
자의 가슴에 스친다 손마디로 심장박동이 전해지고 생장점
끝이 간질거리며 어린 새잎이 돋아난다 젖빛 이파리가 햇살
을 쥐었다 놓았다 하고 빗소리가 한 번씩 창을 두드리며 지나
간다 남자에게로 한 뼘 더 기울어가는 여자, 가장 싱싱한 질
문으로 뺨이 붉다

초승

독백이 독백을 잡아먹으며 밤이 깊어가네
뼛속이 바삭 마를 때까지 당신은 오지 않고
웅크린 몸에서 비린내가 나네
천 개의 현을 가진 악기라면 당신을 연주할 수 있을까
바닥을 다 뒤져도 발톱을 보이지 않는 토르소
기척 없는 당신은 어느 길에 골똘하고 있나
이슬도 별들도 바람도
연인이 되고 이웃이 되고 무덤이 되는데

당신을 한 올씩 풀어 끝없는 하늘을 엮네
눈빛을 꺼도 볼 수 있고
입이 없어도 부를 수 있는 이름
골방에 잠긴 내 영혼은 얼마나 섬세한 빛인가
촉수를 자르면 핏빛 죽음들이 송이송이 피어나네
푸른 녹이 떨어지는 문 앞에서
핏줄보다 많은 당신 이름을 썼다 지우네
손가락 지문이 사라지고
비린내가 조금씩 응축되는 줄도 모르고

장마 후

꽃잎이 먼 길을 떠나가는 밤
나는, 마르기 시작한 구름

일요일의 반성

당신 손에 닿으면 왜 모든 것이 고장 날까?
그러니 날 만지지 말아요
한 침대에서 알몸인 척하지 말아요
당신이 다가오면 어둠이 한 칸씩 증식되지요
빛이 들어오기에 창은 너무 좁고
적막을 깨트리기엔 침묵이 너무 길어요
일요일이면 뉘우치는 무릎을 베어버리고 싶어요
반성은 또 다른 죄를 불러오니까
오늘 아침도 한 접시의 어둠을 식탁 위에 올려요
밤새 토해놓은 문장 중에는
식재료로 쓸 만한 것이 없어요
왼쪽 귀에서 줄기차게 울던 여치 때문인지
당신의 오른쪽을 들을 수 없게 되었어요
오늘은 명랑하게 우울을 노래하기 좋은 날씨
허밍이 자꾸 목구멍에 걸리네요
만나기 전부터 당신은 이미 타인이었는데
아직도 친절한 옆구리라뇨?

러시안룰렛[*]

미동도 없이 비를 맞는 나무

한 번도 운명을 거역한 적 없는 너
소름이 돋는다

네게 썼던 일기를 찢는다
봄 여름 가을 겨울
가장 순전하게 빛나던 시간이
총알 박힌 심장처럼
식는다

그래,
다시 한 번 네 운명을 믿어봐

구름이 빙그르르 탄창을 돌려
실탄을 넣는다

● 권총의 탄창에 단 한 발만 실탄을 넣고 거기에 운명을 거는 게임.

배후

비자나무 숲에서 가져온 향기가
바짝 마른 내 물관을 연다

너를 기억할 때마다 몸피에 옹이가 생겨
생각이 자꾸 넘어지곤 했다

두꺼운 소문들이 너의 그림자를 매달고 흘러다녔다
간지러운 귀 간지러운 목덜미
바람이 밟고 지나가면 고장 난 풀피리 소리가 났다

죽은 까마귀가 쌓이고 죽은 개미 죽은 민들레가 쌓이고
네가 묶어놓은 내 발, 검은 종아리만 길어졌다

꽃을 내밀고
손끝에 그늘을 매달고 널 기다린다
밤마다 어둠을 오려 나무를 만든다

두 개의 베개

베개를 바꿨다
잠이 수줍다

너의 체취로 머리카락이 물들고

정갈한 첫 숨 생각
품안 가득 풋내가 차오른다

입구도 출구도 필요치 않는
낭떠러지 위에 홀로 떠 있는 방

베개 속에 새겨진 너의 머리에
나를 내려놓는다

벽을 읽다

내가 거울이 되고 싶은 것은
그의 눈동자를 읽고 싶어서이다
빗물에 떨어진 잎의 젖은 말을
온몸에 받아 적는 벽

쓰러진 그늘을 다 흡수하고
뿌리 쪽으로 노을이 기울어 있다
몸을 파고든 낮과 밤은
빗금 몇 개를 남기고 사라졌다

시간은 해금을 연주하듯
보랏빛 등꽃으로 피어난다
새순이 돋고 도미솔 입술이 열리던
그 아득한 순간을 기억할까

먹구름의 얼굴이 흘러내리면
그의 몸에 상형문자가 어지럽다
뽑아도 자꾸만 돋아나는
곁가지, 우울이 눈을 가린다

얼마나 더 손금을 맞대어야
그를 읽어낼 수 있을까
벽은 두꺼운 눈꺼풀을 덮고
금이 깊어가는 나를 묵독하고 있다

등대와 술잔

갯벌에 오래 서 있는 사람
바다가 기울어졌다

가슴에서 파도가 쏟아지고
손등에는 물고기 비늘이 박혀 있다

당신이 묶어놓은 수평선 때문에
움직일 수 없는 사람

기울어진 마음은 하늘과 맞대놓고
발바닥부터 화석이 되었다

감지 못한 눈이 바다를 물들인다

꽃은 무릎을 꿇고

향기도 나의 것이 아니네

눈부시던 빛깔은
이내 당신처럼 바래가네

꽃이었기에 더 아픈 피

긴 밤 붙잡았던 기도는
흩어지는 안개였네

저린 무릎 위에는
마른 말들만 수북이 쌓여 있네

달의 해변

나는 걸어갈래요
몸의 인력이 모이는 그곳으로

당신 가슴에서 피어난 해당화
가시에 손끝을 찔릴래요

갈비뼈 그늘에서 울고 있는
멍든 나를 흘려버릴래요

썰물에 쓸려 당신이 멀어지지 않도록
발치에 흰 꽃의 목소리를 뿌려놓을래요

당신은 나에게 젖어본 적이 없으니
나는 당신에게 말라본 적이 없으니

팽팽히 펼쳐지는 당신,
모르게 수수만년
파도의 모서리마다 나를 심을래요

하모니카

쓸쓸하고 쓸쓸하여
달빛 한 채를 다 마셨다

쓸쓸하고 또 쓸쓸하여
강물 한 독을 다 마셨다

어둠이 밝으면 밝을수록
그대라는 텅 빈 발음

벌린 입술 사이로
오장육부가 다 빠져나가

채워도 채워지지 않는
공명통
나는

허물은 아직 거기

귀를 막고 이불을 뒤집어써도
출렁이는 물결을 막을 수 없었다

아침이 오기 전 그의 신발은 사라졌고
아침이 와도 그녀의 부엌은 깨어나지 않았다

쓰레기통에 처박힌 피임약,
나란히 박힌 알약들이 물기 마른 눈동자 같았다

가을이 오고 몸속이 다 말라가도
매미는 계절의 난간을 떠날 수 없었다

드라이플라워

잘 마른 미라가 되기 위해
살아 있을 때부터
송진만 먹으며 몸을 말렸다는
옛 성자들 얘기를 들은 적 있다

액자 위에 거꾸로 달려 있던
마른 장미 한 송이
건네준 이의 얼굴도 기억나지 않을 무렵
무심코 부러뜨리는데
딱,
뜻밖의 큰 소리
아직 살아 있다 지르는 소리

얼마나 더 말라야
군더더기 없는 이별이 될까

상견相見

떠나고 싶을 때마다 접었던 마음을 펼치니
변산 마실 길이 되었다
바다로 기울어진 파식대지, 헛디딜 듯하면서도
해안 길 산길 험한 곳으로만 다닌다
바다가 흘러넘칠 듯 팔을 뻗어도
손마디는 산까지 자라지 않고
산굽이 돌 때 훅 풍겨오던 솔향도
격포항 비릿한 노을에 스미지 못한다
산에 사는 것은 바다가 그립고
바다에 사는 것은 산이 그립다
때론 가까이 있어도 만질 수 없는 것들이
아침에서 저녁으로 이어진 길 위
홀로 걷는 흰 뒤꿈치가 된다
갈라진 뒤꿈치 틈마다 그대 이름 새겨 넣어도
하나의 발자국이 될 수 없는
우리는 더 이상 우리가 아닐까
적벽강 갯벌에서 바지락 캐는 아낙
행인의 발걸음에도 무심히 호미질만 하고
나는 아주 잠깐 그림자만 포갰다 지나간다

싱싱한 고사목

이 저녁이 훌쩍 지나도록 나는 싱싱한가

백운산 오르는 길에 만난 고사목이
죽어서도 생을 각색하고 있다

몸을 감쌌던 껍데기 툭툭 벗고
극빈의 흰 뼈로 비로소 뼈저린 나무가 되었는데

저 알몸을 타고 칡넝쿨이 기어오르고 있다
새파란 볼을 부비며 벌레 구멍 숭숭한 가지를 휘돌고 있다

나무는 푸석한 몸에 다시 한 번 힘을 주어
몸에 감기는 새끼들을 어르고 있다

단단한 근육이 살아나는 나무
밤이면 칡잎을 스팽글처럼 흔들며 춤을 출지도 모른다

제3부

그릇을 깨뜨리다

사과를 깎으려다
그릇을 깨뜨렸다
깨진 시간은
옷자락에 약간의 얼룩으로 잠들었다

얼룩에 눈길이 닿을 때마다
사과가 먹고 싶고
또 그릇을 깨뜨릴까 걱정되고

내 몸엔 잠든 시간이 많다
얼룩처럼 희미한 엄마
그리고 그와 아이들

살아가는 것은
꽃을 새기려다
죄를 새기기도 하는 일

오늘은 접시에 얼룩을 담아
밤새 먹기로 한다

떠다니는 잠

　처음 보는 물고기들이 수면 위에서 퍼덕거린다 눈자위가
수척해지도록 제 비늘을 하나씩 떼어 먹는 돌고기는 어느 소
용돌이 속을 헤매다 왔을까 붉은 눈알과 푸른 눈알이 부딪혀
깨진다 놀란 내 눈동자가 흘러내린다 비에 불은 창문이 터지
고 어두운 물이 쏟아져 들어온다 물속에 잠기는 방, 깨진 유
리를 가슴에서 꺼내 꿰매기 시작한다 물풀이 흐느적거리며
발목에 감긴다 발길질을 할수록 엉켜드는 잡념들, 시퍼런 핏
줄을 따라 수만 개의 가시가 돋아난다 눈알이 빠진 연어가 뼈
만 남은 몸으로 강을 거슬러 오르고 뻐끔거릴 때마다 검게 질
식해가는 아가미, 소리치는 입들이 물결무늬 벽에 걸리고 침
대는 지느러미도 없이 혼자 온 방을 떠다닌다

생선구이 집 신의주 댁

막 빠져나온 눈물을 추스르는
손가락이 삼치 등뼈 같다

무방비로 몸을 벌린 생선이 지글지글 진땀을 토한다
살점을 태우는 제단, 향이 오른다

술 취한 손님이 팁이라며 찔러준 3000원
구워지고
또 구워지면
비린내도 다정할 수 있다는 걸 안다

뒤꿈치에서 짓무른 길이 흘러내린다

비린내의 행방을 공안원은 잘도 아는데
압록강에 잠겼던 몸은 마르지 않고
꿈속에 두고 온 아이 얼굴이 자꾸만 지워진다

엄마, 걸어도 걸어도 왜 뜨거운 불판 위일까요?
검댕을 흘리는 아이 목소리

내장이 통째로 소금에 절여지고 있다

물고기의 발

그는 여자의 발을 오래도록 문지른다
손바닥 안에 들어서는
창백한 물고기

물고기는 먼 곳에서 헤엄쳐왔다
부르튼 비늘이 떨어진다
그는 손끝에 물을 적셔 물고기를 어루만진다
새 비늘이 돋아나고
헐었던 눈과 입이 다시 껌뻑일 때까지,
새로운 호흡도 나누어준다

물고기의 몸에 피가 돌고 체온이 오른다
지느러미를 퍼덕이며
손바닥을 빠져나가는 붉은 물고기

여자에게서 비린내가 난다

어머니의 세수는

당신을 찢고 나올 때
붉은 꽃잎 흩날려 바닥을 적셨죠

긴 시간이 얼비치는 당신 손등에도
이제 검은 꽃 한 무더기 피어 있네요

살갗을 파먹으며 퍼져가는 꽃들에게
매일 물을 주는 당신

안개 낀 손

안개가 도시의 등뼈를 깨물며 내려온다
새벽부터 일어나
안개의 허리를 찍어대느라
헐거워진 뼈를 견디는 가느다란 발목 발목
안개는 좀처럼 끊어지지 않고
아버지에게 산다는 일은
손금의 허기를 따라 걸어가는 것이었다
밥 냄새가 뿌옇게 밀려드는 날이면
깊게 패인 손금을 떼어 안개에게 던져주며
하루치의 생명을 구걸하곤 했다

손바닥 위에 아버지들의 발자국 무수하다
더러 금을 벗어난 걸음이
자막 뉴스 위를 걸어가기도 한다

늪

고요한 시간에 흠집을 내지 않는 것이 이 집의 계명이다

째,각,째,각, 벽시계가 어두운 지하에서 시간을 제조해 겹겹이 풀어놓는다 환했던 낮은 점점 줄어들고 밤의 밀도가 갈수록 짙어진다 어둠에 적응하면서 그녀는 시력을 잃은 물고기가 된다

물이끼가 두껍게 집안을 잠식해간다 밥솥은 매일 먹구름을 뿜어내고 이불을 걷어서 짜면 악몽이 뚝뚝 떨어진다 부글부글 썩어가는 방, 아이들 울음소리가 물풀처럼 그녀를 휘감는다

여자는 시계를 집어던진다 늪의 수면이 깨져 사방으로 흩어진다

젖은 발목

구름이 얼굴을 흘리며 지나간다
베란다 이불이 표정도 없이 젖어들고
고장 난 컴퓨터 사요, 에어컨 세탁기 사요
고,장,난,이 제집처럼 들어앉은 몸,
빛바랜 이불을 걷고 꽃잎 닫은 화분을 들여놓는다
창문의 귀를 걸어 잠근다
비 맞은 혼잣말처럼 연거푸 나오는 신음 소리
젖은 나무가 귀를 세우고
꽃이 고개를 끄덕, 끄덕 물기를 떨어뜨린다
일찌감치 눈꺼풀을 덮은 해가
낡은 벽지 속으로 들어가 눕는다
물 끓는 소리에 마음을 주워 담아 돌아서는데
허기진 저녁이 발목에 와 감긴다
바짓가랑이가 축축하게 젖어든다

잎맥

여자가 연잎 위에서
마른 햇빛을 끌고 다닌다
문자를 보내고 청소를 하는 손등에
푸른 잎맥이 선명하다

사람들이 서른 번 잠에 드는 동안
한 번도 눈 감을 수 없는
여자가 연잎 위를 걸을 때마다
물결을 갉아먹는 파문이 인다

파문에 밀려 멀어지는
사내의 입술에 마른 비늘이 덮이고
개구리밥처럼 떠다니던 아이는
노랗게 변해간다

시들어가는 연잎 위에서
그릇에 달라붙은 먼지를 털 때마다
여자는 조금씩 헛배가 부르다
소화되지 않는 사내가, 아이가
천천히 증발한다

투명하게 말라버린 여자의 손,
동맥만 푸르게 살아 있다

깡

새우깡에 소주를 마시는
헝클어진 머리의 사내,
호시탐탐 새우깡을 노리며
비둘기 떼 곁을 떠나지 않는다

소주병이 비어갈수록
졸음이 물결처럼 밀려오고
몇 개 남은 새우깡이
봉지째 바람에 풀석거린다

헛손질로 비둘기를 쫓다가
마지막 한입에 털어 넣고 내려놓은
봉지가 날아가버린다
이제 볼일 없다는 듯 비둘기도 따라간다

물비린내 가득한 한강 둔치
여기저기 굴러다니는 새우깡 봉지
깡으로 버티는 하루가 길다

수혈

혈관에 꽂은 바늘을 타고
언 입술의 네가 들어온다
체온으로 입술을 녹이는 동안
바늘에 닿은 혈관이
스타카토로 숨을 토한다

유효기간까지 표시되어 있지만
진열된 적 없는 너는
누구의 몸을 돌다 왔을까
네가 들어서는 길목에
꽃망울이 아프게 부푼다

길어졌다 짧아졌다
골목을 오를 때마다 끊기는 호흡
안테나를 높이 세우고
너의 숨소리를 수신한다

맥박에 스며든 너의 녹은 입술이
레가토로 노래 부르며 흐른다
낯선 유전자가 지워지고
익숙한 손길이 심장을 감싼다

꽃집

무릎이 없는 한 남자
비 내리는 길을 기어가고 있네

엎드린 등 위로 쌓이는 꽃잎

기둥도 없는 꽃집을 지고
달팽이처럼 느리게

못 찾겠다 꾀꼬리

썩고 있는 복숭아뼈를 깨고 꾀꼬리 새끼들이 한 마리씩 태어난다 그때마다 축축한 허밍 소리, 여러 종류의 음표를 떠넣어줄 때마다 목소리가 커지고 날개에 빛이 오르는 꾀꼬리, 발목이 가렵다

안개가 만들어낸 새벽, 아버지는 노란 꾀꼬리버섯을 따오곤 하셨다 아버지 몸에선 달착지근하게 삭은 복숭아 냄새가 났다 안개와 오래된 낙엽과 새벽이 버무려진 맛은 향기로웠다

낮게 노래를 흥얼거리던 아버지는 요단강을 건너고 나는 검은 나무로 변해간다 발목에서 솟아나 복숭아뼈 근처를 맴돌 뿐 날지 못하는 꾀꼬리들, 한꺼번에 입을 벌려 아버지 노래를 따라 부른다

가을의 옆구리

광대뼈가 붉은 여자
머리 위로 그을린 전구가 흔들린다
반죽으로 꽉 쥔 주먹을 불판 위에 놓자
기름 먹은 손이 납작하게 눌린다
이 눈치 저 눈치 바삐 뒤집다 보면
손금 사이 캄캄하게 고이는 어둠

박스로 만든 방에서
어린 딸이 잠들어 있다
간신히 서 있는 방이 무너질까 봐
인형처럼 뒤척이지도 않는다
바람이 불 때마다 여자 대신
박스가 물기 없는 자장가를 부른다

엄마 배고파
눈 부비고 일어난 아이 작은 손에
터진 호떡 하나 건넨다
빈 주머니 같은 은행잎이 후두둑 떨어진다
딸의 옆구리가 드러날세라
여자는 이불을 꼭꼭 여며준다

몰포morpho나비*

손가락이 긴 여자가 달 속에서 춤을 춘다
부푸는 엉덩이와 잘려 나가는 허리 곡선
그림자놀이 하듯 손마디가 꺾이고
청보라 휘도는 소맷자락에 나비 하나, 둘

하프의 마흔일곱 줄을 쥐었다 놓았다
몸이 구겨질 때마다 색깔이 변하는 여자
치마폭에 흰 달이 출렁이다 흘러넘친다

실핏줄을 모두 열고 열두 구비 층층
멀어지다 가까워지는 실루엣
여자의 손톱에 꽃이 피자 어둠이 녹아내린다

바람의 운율에 맞춰 춤을 추는 맨발
마침내 달을 몸속에 넣고
가장 아름다운 빛의 각도로 팔랑이는
여자, 몸에서 푸른 별이 쏟아진다

하늘 가운데를 가로질러
내 허파로 들어온

두 날개가 들숨 날숨으로 파닥이고 있다

● 몸집에 비해 날개가 크고 세계에서 가장 아름다운 나비로 알려져 있
다. 날개의 여러 층에서 반사되는 빛이 서로 간섭을 일으켜 움직일 때마
다 색깔이 변한다.

오래 달인 어둠

창백한 태양 앞에서
내 안의 어둠을 달인다
바짝 졸은 어둠이 목젖에 엉겨붙는다
입안의 혀가 무겁다

당신과 나의 그림자가 겹쳐졌다
나뭇잎이 혓바닥을 세워 상처 난 하늘을 핥고 있을 때
함께 껴안은 달빛,

그 달로 목구멍을 환하게 채울 수 있을까

부풀었다 말라가는 당신
바스락 흩어지며
검은 노을로 눈썹에 걸린다

오래 졸아든 시
쓴 환약으로 목에 걸린 당신

사진이 떨어졌다

떨어진 플라타너스 잎이
가슴 한쪽을 덮었다

입을 닫은 가을 속으로
아버지 걸어가셨다

아무렇지도 않은 듯 인연을 놓아버리고
당신은 어디로 건너가 부은 눈을 말리고 계실까

제 몸 부수고 부수어
흙이 되어버린 이파리

아직 삭지 않은 잎맥이
잠시 발끝에 걸렸다가 사라진다

얇은 잠

몽환의 다리가 잠을 툭툭 찬다 한 뼘씩 늘었다 줄었다, 시간은 탄력적이다 고요한 수면 위로 소금쟁이가 떠다닌다 동심원과 동심원이 부딪칠 때마다 한 마디씩 닳아가는 무릎, 한 박자를 건너뛰다 절벽으로 떨어지는 발목, 오선지를 놓친 음표들이 빙글빙글 돈다 단단한 허공에 부딪혀 시커멓게 멍든, 발톱을 뽑아놓고 잠을 잔다 발끝에서 허벅지까지 핏줄이 엉킨다 끊어졌다 이어지는 통증이 살갗을 긁는다 사방으로 흩어지는 꿈과 꿈 사이, 건너갈 다리가 없다 길 끝을 풍선처럼 물고 바람을 불어 넣는다 밤이 점점 얇아진다

식지 않는 밤

옆구리가 뻐근해지고
누군가 긁고 지나간 늑골 아래
차가운 땀이 배어 나온다
안대를 해도 잠은 쉽게 오지 않고
유턴만 하다가 잘려버린 길들이
한꺼번에 몰려온다
하루를 돌고 더 닳아버린 발바닥
심장은 아직 식지 않았는데
속도를 이기지 못한 밤이
제 이력을 지우며 낡아가고 있다
각질마다 새살을 채우며
겨우 건너오던 겨울,
나는 와이퍼로도 닦이지 않는
얼룩만을 생활의 보수로 받았다
하루쯤 쉬어 가고 싶지만
오늘도 브레이크가 듣질 않는다

귀가 자라나는 방

한밤중 거실에서 듣는 딸아이의 숨소리가
이미 오래전에 끊어진 탯줄을 타고 와
부드럽게 몸에 감기네

살그머니 방문을 열면
새근새근 피어오르는 입김,
두 손으로 받아 귀에 가득 담네

딸아이의 숨결에 담긴 햇빛과 어둠이
여러 빛깔의 소리가 되어 방안을 물들이네

뒤척일 때마다 사그락대던 이불도
읽다가 펼쳐둔 책도
딸아이의 호흡에 맞춰 더 깊이 잠이 드네

집은 숨소리들이 모여 만들어진 것
어두운 밤에는 귀가 자라서
벽에 스민 소리까지 모두 들리네

실금이 어지러운 마음의 벽을

모과 향 배어나는 숨결로
딸아이는 꼼꼼히 채워 넣고 있네

하혈

옥상의 물이 출렁거린다
먹먹하기만 한 배수구 때문에
빗물은 자꾸만 두꺼워진다
무게를 감당하지 못한 집
채워놓은 지퍼가 터진다
벌어진 자리에 테이프를 붙여주지만
얇은 위장술로는 봉합되지 않는 상처
천장에 빗줄기가 끝없이 이어지고
부푼 자리 메스로 잘라내자
울음이 한꺼번에 쏟아져 내린다
캄캄한 벽으로 스며든 빗물은
스멀스멀 기어다니며
곰팡이 낀 호흡을 발라 먹는다
거울 속 사람까지 흥건히 젖은 집
쭈글쭈글한 벽지를 떼어내며
나는 자꾸자꾸 물을 마신다

카피라이터

다다다 말들이 달린다
빠르고 느린 말의 무리가 뒤엉킨다
가속도를 못 이긴 말 한 마리가
초원에 긴 흉터를 남기며 넘어진다
우기의 냄새가 밴 말은
습한 숨소리를 애써 감춘다
쓰러진 어린 말의 비명은
문장부호 속에 묻힌다
종이는 세상에 없던 말을 키우는 초원,
당신의 손이 움직이지 않으면
물이 마르고 풀들이 시든다
지문 사이에서 한 마리 말이
질긴 탯줄을 끊고 태어난다
초원의 맥박이 다시 뛰기 시작한다
주문같이 계속되는 말발굽 소리
나의 발은 지금 초원 위에 있다

꼬리에 꼬리를 물고

난 지 삼칠일베께 안 된 니들 오래비 곁에서 설핏 낮잠이 들지 않았냐 등골이 오싹혀서 인나보니께 억수로 큰 배암이 방에 들와 똬릴 틀고 있지 않것냐 모기장 속 갓난쟁이를 빠꼼히 내리다보는 그 놈의 꼿꼿한 대가리! 정신없이 삽을 들고 와 놈을 들어내서 마당으로 던졌제 그리곤 삽날로 찍어 쥑여뻐렸다 또 들와 아한테 해꼬지를 하면 우짜노 아이고 그때를 생각하믄 지금도 가심이 벌렁벌렁한데이 근데 먼 일인동 뒤 달 지나 아가 죽고 말았다 금쪽같은 내 새끼가 이유도 읎이 말이다 돌아보이 그 배암도 새끼를 품고 있지 않았나 싶다 것도 모르고 애꿎은 생명을 쥑였으니 우리 집 장손이 그래 간 것이제 다아 내 잘못이제

딸만 다섯 둔 아버지
굽은 허리로 똬리를 틀고 앉아 술주정을 한다
상처 입은 비늘이 뚝뚝 떨어진다

즐거운 비너스

새로 나온 스파게티를 맛보세요 저지방 저탄수화물 피자예요 마실수록 살이 빠지는 꽃차도 있어요 저울의 숫자는 무조건 빼 나가야죠 개미허리도 좀 더 졸라매 보세요 사람들 시선이 달콤해질 때까지

꽉 끼는 분홍 탑 속, 헐떡이는 살부터 풀어버리세요 아령을 앞으로 모았다 옆으로 올렸다, 겨드랑이 살이 파르르 떨리고 옆구리 근육이 팽팽해지죠 가슴은 더 커지고 탄력이 붙을 거예요 레그 컬을 들어올리고 토탈 힙을 미는 다리에 힘줄이 돋네요 엉덩이와 허벅지 사이, 접히는 각도가 클수록 미끈한 다리를 가질 수 있어요

거울 속의 그녀, 벽에 붙은 몸짱 모델을 데리고 피트니스를 나선다 마트에 들러 모델에게 먹일 음식을 한 아름 산다 그녀 대신 살찐 모델이 살아줄 즐거운 내일!

그 길목이 텅 비다

목구멍에 걸린 악보가
술기운을 타고 흘러나온다
늘었다 줄었다 사이키 별 사이로
얼룩무늬 벽지가 출렁이는 방
슈퍼맨이 되어 사막을 달리자
흔들리는 신기루엔 광대 옷을 입혀주자
아무리 소리를 질러도
공든 탑은 세울 수 없고
벽만 자꾸 두꺼워지는 방
신선한 노랫말이 필요해
최신가요를 떠올려봐도
맥주 거품처럼 부글거리다
스러지는 목소리만 바닥에서 뒹군다
허리를 뒤틀며 목을 쥐어짜고
리듬을 타다 박자를 건너뛰고
탬버린처럼 흔들리는 방
저마다 소음 제조기가 되어
제 노래를 지우는 사람들
서비스로 주어진 목소리까지
대형 스크린에 붙여두고

텅 빈 목구멍으로 방을 나와서는
푸석한 별을 입에 털어 넣는다

변검술사

그녀는 수십 가지 가면을
넓은 소맷자락에 감추고 다녀요
새 애인을 소개받는 날엔
주름마다 바람을 불어넣고
비밀스러운 분칠을 해요
오른쪽 왼쪽 눈을 서둘러 바꾸고
다른 여자의 입술도 가져다 붙여요
그러나 그가 현관문을 열기 무섭게
웃음은 돌돌 말아 창밖으로 던지고
그 자리에 침묵을 갖다 붙여요
술병 속에서 나온 그에게 으르렁대며
표범 무늬 가면을 뒤집어써요
보호색을 발달시킨 아이들은
커튼 속이건 식탁 아래건 잘 숨어들지요
동물의 왕국, 한쪽이 피를 봐야만
싸움은 끝이 난대요
손톱자국 가면의 그가 나가버리고
후줄근한 옷들이 팔다리를 뒤틀며 날아다녀요
잠잘 때조차 벗을 수 없는 가면
잠꼬대가 침대 밑으로 고꾸라지면

그녀는 일어나 찢어진 표정을 수선해요

정다운 이별

주머니를 뒤집어
접혀 있던 길을 꺼낸다
숨처럼 둥근 동전이 굴러떨어진다

세제와 표백제를 잘 풀어
길을 빨다 보면
발끝을 아프게 하던 돌부리
올이 풀리는 소리,
배수구가 서서히 젖는다
안개처럼 거품이 피어오르고
길이 점점 납작해진다

길을 빠는 일은
등을 돌린 사람과 정답게 헤어지는 것
어디쯤에서 어긋난 그의 손이
말라붙은 허물을 긁어댄다
단추와 지퍼 사이
부딪히고 비틀리고 한 몸으로 뒤엉켜도
얼굴을 알 수 없는,

탈색된 길 위에
그가 등만 남긴 채 뚜벅뚜벅
사라져가고 있다

오래 달이다 졸아든 한약 같은 시

이승하(시인 · 중앙대 교수)

　한국 현대시의 큰 흐름 두 개는 일상성과 사회성이다. 즉, 일상성을 추구하는 시인들은 자신이 겪은 소소한 일상의 일화를 시의 주된 소재로 삼아왔다. 반면 우국지사의 풍모를 지닌, 사회성을 추구하는 시인들은 나라의 앞날을 걱정하면서 거대 담론을 펼쳤다. 일제강점기 초기에 서구의 자유시를 받아들여 한국 근대시의 역사가 시작된 이래 시는 애상적 정조의 서정시와 비분강개형의 민족적 저항시라는 두 개의 큰 흐름을 지니게 되었다. 자신의 복잡한 내면과 생활의 일상에 대한 관찰을 서정시인들이 했다면, 역사의 의미와 사회의 모순에 대한 탐색은 저항시인들이 했다고 볼 수 있다. 카프 계열의 시인들이 필봉을 휘두르다 구속되는 시점에 모더니스트 시인들이 구인회를 결성해 '실험'에 몰두한 것이나, 후반기 동인들의 맹활약 시기에 신동엽 시인이 장시 『금강』의 구상에 들어간 이유를 생각해보아야 한다. 형식적 측면에서는 전통지향주의와 모더니즘이, 내용적 측면에서는 낭만주의와 사실주의가 엎치락뒤치락하면서 우리 시사를 수놓아왔다.

모더니스트로 출발했던 김수영이 참여시론의 선봉에 서지 않았더라면 김춘수의 무의미시론이 나오지 않았을지 모른다. 1960년대 순수·참여논쟁이나 1970년대 『창작과비평』과 『문학과지성』의 대립(리얼리즘논쟁, 민중문학론)을 봐도 일상성과 사회성은 우리 시문학의 두 축이었다. 1980년 이후에는 노동문학론, 분단문학론, 민족해방문학론 등이 전개됨으로써 순수서정시가 상대적으로 위축되는 듯 보이지만 1990년대에는 '신서정'이라는 비평적 용어가 새롭게 등장하는 것으로 보아 사회의식을 어느 정도 지닌 서정시가 힘을 얻게 된다.

그렇다면 이 두 개의 큰 축에 들어가지 않는 시, 예컨대 한용운의 『님의 침묵』 같은 작품은 어디에 속하는 것일까? 일상성이나 사회성을 추구하지 않으면 시가 아닌가? 그래서 1990년대에 문학평론가 최동호가 제시한 용어가 '정신주의'라는 것이었다. 구상, 김구용, 김달진, 조정권, 김영래, 윤의섭 같은 시인이 추구한 형이상학적인 세계는 지금까지 우리 시단에서 그리 큰 주목을 받지 못하였다. 정신주의를 표방한 시인 가운데 한용운과 김춘수만 계속 연구되어왔던 것이다. 다시 말해 우리는 생존의 문제에 천착을 해온 반면 존재의 문제는 등한시했다고 볼 수 있다.

박천순 시인의 시집 원고를 읽으며 이런 생각을 한 이유는, 바로 박 시인의 세계가 일상의 소소한 희로애락을 다룬 시가 많지 않았고, 그렇다고 해서 우리 사회의 모순을 파헤쳐 비판하는 현실참여시도 아니어서 글머리에서 이런 생각을 전개해보았던 것이다.

고비사막에 눈물을 두고 왔다

모래 속에서 자라는 작은 나무가
벌판에 번져 나와 흩뿌리던
비린 허브 향기
풍화된 짐승의 뼈에선
푸석한 휘파람 소리가 들렸다

데스스토커 꼬리에 독을 발라줘야 하는데
밤 10시의 태양이 물고 있는
눈을 찾아와야 하는데

간밤, 바람은 모래 무덤을 만들어놓고
사라질 이름을 쓰다듬는다
끝없이 쏟아지는 모래 알갱이
몸이 흩어지고 있다

시간을 안다면 얼마나 낡은 내음이 날까
　　　　　　　　　　　　　　—「사라진 이름」 전문

시집의 제일 앞머리를 장식하고 있는 이 시의 주제가 무엇일까? 이미지도 선명하지 않고 의미도 주제도 분명치 않다. 그 이유는 아마도 이 시가 추구하고 있는 세계가 '형이상학'이기 때문일 것이다. "고비사막에 눈물을 두고 왔다"라는 의미심장한 단문으로 시집이 시작되고 있다. 낯선 사막의 풍광이 시인에게 큰 충격을 주었고, 대자연과의 만남은 시세계를 추동하는 힘이 되었을 것이다. 제2연은 생명의 신비에 대한 묘사다. 고비의 모래 속에 뿌리내리고 사는 풀과 선인장이 수십 종은 될 것이다. 미국 LA 근처의 사막지대인 데스밸리에 가면 선인장은 물론이고 염분기에 내성이 있는 골풀과 염습지식물이 자라고 있다고 한다. 사막 야생초들도 봄에 비가 좀 오면 눈부시게 피어난다고 한다. 물론 잠시 피었다 사라지겠지만. 언뜻 보면 동식물이 살아갈 수 없는 삭막한 곳인 것 같지만 사실은 수많은 생명체의 서식지가 사막이다.

시의 제3, 4연은 고비사막의 변화무쌍함을 말해주고 있는 듯하다. 결구이자 마지막 연에 가서 "시간을 안다면 얼마나 낡은 내음이 날까"라고 말한다. 시인은 사막에 가서 생명체도 보았겠지만 '죽음'과 함께 모든 생명체를 사지로 끌고 가는 것이 시간임을 인식했다. "바람은 모래 무덤을 만들어놓고/ 사라질 이름을 쓰다듬는다"고 했다. 사물은 물론 모든 개체에다가 이름을 붙이는 존재가 인간이다. 인간을 제외하고는 지구상 어떤 생명체도 상대방에게 아무개야 하고 이름을 부르지 않는다. 그런데 인간 각자의 이름은 그 언젠가 사라질 것이고, 내가 없는 이 세상에서도 여전히 바람은 불고 태

양은 내리쬐고 나무는 자랄 것이다. 이러한 상념이 전개되는
또 한 편의 시가 있다.

> 고비에서 바람을 만나면 누구나 악기가 된다
>
> 바람이 켜는 지평선, 마두금 소리를 듣고
> 낙타는 새끼에게 젖을 물린다
>
> 어디를 가도 나는 없고
> 언제 돌아와도 너는 없다
>
> 들꽃 사이에서 뒹구는 소의 흰 뼈에서
> 삶과 죽음의 경계조차 지워지고
>
> 스스로 이정표가 되어야 하는 이곳
> 자신을 위로하는 소리 하나쯤 품고 있어야 한다
> ─「고비를 건너다」부분

  시인은 몽골에 있는 고비사막에 갔다온 적이 있나 보다.
지평선, 마두금 소리, 낙타, 신기루…… . 그곳에서는 늘 바
람이 분다. "어디를 가도 나는 없고/ 언제 돌아와도 너는 없
다"에서 '너'는 누구일까? 사람일까 고비사막일까. 존재일까
실존일까. 시간일까 현상일까. 이승일까 저승일까. 봄·여
름·가을의 숲은 생명성이 충일해 있어 생과 사가 구분되지

않지만 사막에서는 극명히 구분되는가 보다. 사막은 일단 시야가 트여 있는 곳이다. 사막에 듬성듬성 피어 있는 야생초나 선인장을 보고 생명을 의식하게 되겠지만 사막은 수천수만 년 동안 동식물의 시체를 수습해온 거대한 무덤일 터, "들꽃 사이에서 뒹구는 소의 흰 뼈에서/ 삶과 죽음의 경계조차 지워지고// 스스로 이정표가 되어야 하는 이곳"이다. 그래서 "자신을 위로하는 소리 하나쯤 품고 있어야 한다"고 시인은 설파한다. 사막을 대표하는 동물은 낙타다. 사막을 건너는 인간에게 충실한 조력자인 동물인 낙타가 없으면 인간은 사막을 건너갈 수 없다.

　　이 악물었던 시간 다 녹여내는
　　어미 낙타의 눈물

　　굳은살 박힌 신기루 속에
　　서늘하고 아득한 노래를 풀어내본다

　　풍화된 구름 그림자
　　다시 몸을 일으켜 흐르기 시작한다
　　　　　　　　　　　　　　　　　　　—「고비를 건너다」 부분

　　이 시에서 아주 중요한 시어로 부사 '다시'를 꼽고 싶다. 사람도 낙타도 때가 되면 한 구의 시체가 되겠지만 내일도 내년에도 사막에는 바람이 불고 모래언덕의 모양이 바뀌고 태양이 뜨거운 빛을 내리쬘 것이다. 시간은 영원히 지속되지만 생명체의 생명현상은 때가 되면 멎는다. 박천순 시인의 시에는 유독 시간, 뼈, 영원(히), 별, 바람 같은 시어가 많이 나오는데 시가 생활상의 애환 내지는 에피소드가 아니라 영원성을 추구하고 있기 때문일 것이다. 이번에는 몽골의 지명, 테렐지를 제목으로 한 시를 보자.

늙은 말은 무릎을 꺾었다 일어나곤 한다
그때마다 들꽃들이 웅성거린다

말은 오랫동안 들꽃의 영혼을 하늘로 져 날랐다
아침 이슬에도 눈 뜨지 못하는 꽃을 찾아
커다란 눈망울로 영혼을 비춰보곤 했다

꽃의 죽음이 말의 발굽에 젖어 있다

—「테렐지」 전문

국립공원인 테렐지는 광활한 초원지대다. 온갖 꽃과 들풀이 자라는 초원에서 유목민족이 말과 낙타를 이용해 이동하며 살아간다. "말은 오랫동안 들꽃의 영혼을 하늘로 져 날랐다"고 한 것은 먹히고 밟히고 하며 한 마리 말에 의해 목숨을 잃은 들꽃이 셀 수 없이 많았다는 뜻일 터이다. "꽃의 죽음이 말의 발굽에 젖어 있다"는 결구도 한 생명이 거둬들인 생명의 수가 엄청나다는 뜻이 아니랴. 우리 인간도 한 생을 살면서

소, 돼지, 닭, 오리를 얼마나 많이 살찌게 길러내어 그것들을 살생했는가? 갈치, 고등어, 꽁치의 수는? 멸치, 새우, 조개의 수는 대체 얼마나? 한 생명체의 죽음이 다른 한 생명체의 생존을 위한다는 것이 밀림의 법칙만은 아니다.

이제부터는 '뼈'를 주요 시어로 삼은 시를 살펴보도록 하자. 뼈란 시간의 객관적 상관물이다. 뼈는 살아 있는 인간의 몸을 지탱해주고 중심 잡아주는, 우리 몸에서 가장 단단한 조골세포들의 집합체다. 우리가 죽고 나서도 뼈는 지상에 남으므로(화장을 하면 그렇지 않다) 삶과 죽음을, 즉 이승과 저승을 다 포괄하는 대상이다. 뼈는 또한 물질이면서 정신이고 순간이면서 영원이다.

　　이리저리 자세를 바꾸며 찍은 척추가
　　부끄럼 없이 버티고 서 있다
　　알몸의 뼈는 바람을 본 적이 있을까
　　노을의 냄새를 맡은 적이 있을까
　　밤마다 살을 뚫고 나가고 싶은 욕망을 움켜잡고
　　하얗게 정신을 깎아내던 뼈
　　고통이 나로부터 분리되어 나를 고문할 때
　　아무런 방어기제도 없이
　　흙이 될 살을 다독이며 서 있는 몸속 나무
　　한쪽으로 무너지기 시작한 건
　　떨어진 신음을 모아 밤에게 바치던
　　당신 때문인가, 편향된 사랑의 습관 때문인가

어둡고 깊은 적막 때문에

모공에서 눈물이 흐른 적 있다

가면을 벗고 생각에 잠겨 서 있는 뼈는

당신을 대변하기에 얼마나 좋은 자세인가

　　　　　　　　　　　　　　—「뼈는 당당했다」 전문

　시인은 뼈를 세 가지로 표현한다. "밤마다 살을 뚫고 나가고 싶은 욕망을 움켜잡고/ 하얗게 정신을 깎아내던 뼈", "아무런 방어기제도 없이/ 흙이 될 살을 다독이며 서 있는 몸속 나무", 그리고 "가면을 벗고 생각에 잠겨 서 있는 뼈"다. 그러니까 뼈는 정신의 뼈요 인내의 뼈요 사색의 뼈다. 살은 지상에 머물다 사라지기에 허망한 것일지 모르지만 뼈는 사람이 죽어도 사라지지 않는 '몸속 나무'다. 살은 쉽게 소멸하는 세포의 모임이기에 순간순간 변화하는 '순간'의 세계, 즉 지상의 세계인 반면 뼈는 천 년도 갈 수 있는 '영원'의 세계, 즉 천상의 세계다. 명상하고 사색하고 철학하는 것은 뇌세포지만 시인은 뼈를 인간이 당당하게 서 있게 하는 주체적인 존재로 보았다. 사람을 사람답게 하는 것, 직립보행하게 하는 것, 성욕·식욕·수면욕·명예욕·출세욕 등 세속의 욕망을 제어하게 하는 것이 뼈라고 본 것이다. "뼈와 뼈 사이에서 지워진 달은 아직 돋아날 기미가 없습니다"(「봄날의 탭댄스」), "뼈대 위에 두툼한 살을 붙였다 다시 덜어내고 있다"(「소문」), "눈알이 빠진 연어가 뼈만 남은 몸으로 강을 거슬러 오르고"(「떠다니는 잠」), "썩고 있는 복숭아뼈를 깨고 꾀꼬리 새끼들이 한 마리씩 태어난다"(「못 찾겠다 꾀꼬리」), "광대뼈가 붉은 여자/ 머리 위로 그을린 전구가 흔들린다"(「가을의 옆구리」) 등, 뼈에 대한 명상은 시집 곳곳에서 진행된다. 거듭 말하거니와 뼈는 시간·존재·영원 등의 시어를 대신하고 있다. 다른 시를 한 편 보자.

　　푸른 뒤꿈치를 들고
　　물결 사이를 걸어왔다

　　뼈마디가 더 어두워지는 소리
　　모퉁이마다 이마를 맞댄 그림자가 두터워졌다

　　탱탱하게 여문 혹들
　　몸속 아지랑이가 꿈틀거리곤 했다

　　평상에 누워 있으면
　　낡은 바람이 손금을 천천히 짚어간다

　　물 마른 연못의 징검돌 몇 개
　　때론 움켜쥔 주먹이 길을 만든다

　　연꽃은 지고
　　뼈처럼 단단한 연밥이 익어간다
　　　　　　　　　　　　　　―「물속에서 키운 아이들」 전문

물속은, 자궁 속의 양수일 것이다. 양수 속에서 아이는 열 달 내내 헤엄치고 놀면서 엄마로부터 영양분을 섭취한다. 그런데 그 과정은 사실 아이가 엄마의 영양분을 빼앗아 먹으며 생명을 유지하는 기간이다. 아이를 많이 낳은 여성이 유독 골다공증을 심하게 앓는 이유는 자신의 뼈가 약해졌기 때문이다. 칼슘 등을 아이에게 주느라 자신의 뼈는 숭숭 구멍이 나고, 등과 허리가 일찍 굽어버리는 것이다. 시인은 "뼈마디가 더 어두워지는 소리", "연꽃은 지고/ 뼈처럼 단단한 연밥이 익어간다"는 구절을 통해, 부모의 몸을 빌려야 이 세상에 올 수 있는 부모 자식 간 인연에 대해 말해주고 있다. 이런 인연의 소중함과 절대적 현상에 대해 달리 무슨 말이 필요할까. 부모의 사랑은 우렁쉥이 사랑이 아니던가. 제 살을 파먹으며 자라는 새끼들에게 제 몸을 기꺼이 내주는 존재가 부모다. 어떤 관념으로도, 어떤 숫자를 놓고 계산해봐도 답이 나오지 않는 부모 자식 간 사랑의 등식이다. 사람의 손금을 보고 우리는 운명을 점치는데, 사실은 모체 속에서 "움켜쥔 주먹이 길을 만든" 것이다. 부모로부터 받은 실존적 조건들이 우리의 삶을 결정한다. 뭇 생명체 혹은 생로병사의 신비에 대한 탐구가 이 시집의 어느 페이지 할 것 없이 곳곳에서 펼쳐지고 있다.

　이야기를 들려주는 시도 없지는 않다. 노숙자인 듯한 여인과 그녀의 아이가 나오는 「가을의 옆구리」도 그렇고 뱀을 죽인 것이 장손이 죽은 원인이 되었다고 생각하는 아버지 이야기를 하는 「꼬리에 꼬리를 물고」 같은 시도 있지만 이런 이야기 조의 시는 극히 드물다. 서정시는 서정시지만 읽으면 바로 이해되는 순수서정시는 거의 없고 사색과 명상, 추리를 요하는 형이상학적인 시가 대부분이다. 비 오는 날, 베란다 이불을 걷는 일상이 전개되는 아래의 시도 일상성의 시가 아니라 형이상의 시다.

　　　구름이 얼굴을 흘리며 지나간다
　　　베란다 이불이 표정도 없이 젖어들고
　　　고장 난 컴퓨터 사요, 에어컨 세탁기 사요
　　　고,장,난,이 제집처럼 들어앉은 몸,
　　　빛바랜 이불을 걷고 꽃잎 닫은 화분을 들여놓는다
　　　창문의 귀를 걸어 잠근다
　　　비 맞은 혼잣말처럼 연거푸 나오는 신음 소리
　　　젖은 나무가 귀를 세우고
　　　꽃이 고개를 끄덕, 끄덕 물기를 떨어뜨린다
　　　일찌감치 눈꺼풀을 덮은 해가
　　　낡은 벽지 속으로 들어가 눕는다
　　　물 끓는 소리에 마음을 주워 담아 돌아서는데
　　　허기진 저녁이 발목에 와 감긴다
　　　바짓가랑이가 축축하게 젖어든다

　　　　　　　　　　　　　　　　　—「젖은 발목」 전문

　전반부는 생활의 에피소드지만 후반부로 가면 불가사의한 자연현상에 대한 시인의 상념이 관념화되어 전개된다. 저물

녘 나른하게 내리는 비와, 비를 피해야 하는 사물들 속에서 화자의 마음도 쓸쓸하고 어둡지만 우울하다거나 을씨년스럽다는 감정을 노출하지 않고 자연현상을 관념화하고 있다. 명상의 시, 철학의 시를 쓰는 점에서 생활도 철학이 된다. 아래의 시도 문자를 보내고 청소를 하는 주부의 일상을 그리고 있지만 일상을 스케치한 시가 아니다.

> 여자가 연잎 위에서
> 마른 햇빛을 끌고 다닌다
> 문자를 보내고 청소를 하는 손등에
> 푸른 잎맥이 선명하다
>
> 사람들이 서른 번 잠에 드는 동안
> 한 번도 눈 감을 수 없는
> 여자가 연잎 위를 걸을 때마다
> 물결을 갉아먹는 파문이 인다
>
> 파문에 밀려 멀어지는
> 사내의 입술에 마른 비늘이 덮이고
> 개구리밥처럼 떠다니던 아이는
> 노랗게 변해간다
>
> ―「잎맥」 부분

이런 시도 생활의 애환을 다룬 것이 아니고, 시인 자신의 사색의 결과물이다. 이 시에서 잎맥은 생명의 왕성한 생명력을 상징하지 않는다. 푸른 잎맥이 선명한 것도 잠깐이고 사내의 입술에는 마른 비늘이 덮이고 아이는 노랗게 변해간다. "시들어가는 연잎 위에서/ 그릇에 달라붙은 먼지를 털 때마다/ 여자는 조금씩 헛배가 부르"고, "소화되지 않는 사내가, 아이가/ 천천히 증발"을 한다. 여자의 손은 결국 투명하게 말라버린다. 동맥만 푸르게 살아 있다고 하지만 결코 밝은 이미지가 아니다. 어둡다 못해 암울하기까지 하다. 아마도 시인은 용해원이나 이정하 시인의 시도 안 좋아하겠지만 이해인 수녀의 시도 안 좋아할 것 같다. 독자의 감정선을 움직이는 시보다는 독자를 명상으로 이끄는 시를 쓰는 시인이니까.

거의 모든 시의 분위기가 침착하고 차분하다. 독자의 감정에 호소하지 않기 때문에 감동은 가급적이면 유보한다. 시의 가치가 '감동'에 있다고 많은 사람이 말하는데, 시인은 절대로 이 말에 동의하지 않을 것이다. 김춘수가 그러했듯이. 희로애락의 철저한 절제, 그것이 박천순 시의 매력이라면 매력이리라. 대체로 우리나라의 시인들은 어머니와 아버지를 시에 등장시키면 어머니의 희생을 안타까워하고 아버지의 무절제를 원망하는데 그런 공통분모에 들지 않는 독자적인 자리에 박천순의 시가 있다.

썩고 있는 복숭아뼈를 깨고 꾀꼬리 새끼들이 한 마리씩 태어난다 그때마다 축축한 허밍 소리, 여러 종류의 음표를 떠넣어줄 때마다 목소리가 커지고 날개에 빛이 오르는 꾀꼬리,

발목이 가렵다

　안개가 만들어낸 새벽, 아버지는 노란 꾀꼬리버섯을 따오
곤 하셨다 아버지 몸에선 달착지근하게 삭은 복숭아 냄새가
났다 안개와 오래된 낙엽과 새벽이 버무려진 맛은 향기로웠다

　낮게 노래를 흥얼거리던 아버지는 요단강을 건너고 나는
검은 나무로 변해간다 발목에서 솟아나 복숭아뼈 근처를 맴
돌 뿐 날지 못하는 꾀꼬리들, 한꺼번에 입을 벌려 아버지 노
래를 따라 부른다
　　　　　　　　　　　　　　　　　—「못 찾겠다 꾀꼬리」전문

　"아버지는 요단강을 건너고"라는 구절로 보아 화자가 아버
지의 죽음을 다룬 시다. 그런데 이 시를 보면 화자의 감정은
조금도 노출되지 않고 있다. 애도도 원망도 하지 않는다. 때
가 되어 생명현상을 다해 아버지가 돌아가신 것이니 슬퍼하
거나 애달파할 이유가 없는 것이다. 그러니까 이 땅의 시인
들과 달리 박천순 시인은 자신의 감정에 휘둘리지도 않고 독
자의 감정에 호소하지도 않은 침착함을 보여주고 있다. 감정
에 압도당하지 않는 시편들에서 시인의 절제된 정서를 읽게
된다. 열정과 갈망이 가슴에서 일어나는 정서라면 냉철과 이
성은 지성의 영역이다. 흘러넘치려는 감정을 단속하여 그 자
리에 냉철의 시어를 세우는 박천순 시인의 시세계는 어찌 보
면 냉정하기까지 하다. 그러나 우리의 생로병사를 통틀어 과

연 무엇은 슬프고 무엇은 기쁜 일일까. 죽음도 삶도 자연현
상일 뿐이며, 인간이면 누구에게나 주어진 실존적 조건일 뿐
인 것이다. 「이방인」의 뫼르소가 어머니의 죽음을 애도하지
않았듯이, 애도는 오히려 거짓 눈물과 가식의 흔적일 뿐임을
시인도 알고 있는 것이다.

> 당신을 찢고 나올 때
> 붉은 꽃잎 흩날려 바닥을 적셨죠
>
> 긴 시간이 얼비치는 당신 손등에도
> 이제 검은 꽃 한 무더기 피어 있네요
>
> 살갗을 파먹으며 퍼져가는 꽃들에게
> 매일 물을 주는 당신
>
> ―「어머니의 세수는」 전문

이 시의 어머니는 손등에 검은 꽃이 한 무더기 피어 있으
니 연세가 아주 높다. 시는 단시조만큼이나 짧다. 말을 아끼
고 감정을 철저히 절제하여 무미건조한 시인 것 같지만 자기
희생으로 일관해온 화자 어머니의 긴 인생행로가 세 문장에
압축되어 있다. 한두 행 시인의 해설이 첨가될 수도 있겠지만
사족을 덧붙이지 않은 시인의 절제력은 3연에서 시를 마치게
한다. 다리 없는 한 남자를 그린 시도 마찬가지다.

무릎이 없는 한 남자
비 내리는 길을 기어가고 있네

엎드린 등 위로 쌓이는 꽃잎

기둥도 없는 꽃집을 지고
달팽이처럼 느리게

—「꽃집」 전문

시인 자신이 "무릎이 없는 한 남자"에 대해 동정심을 갖고
감정을 드러내 무어라 말을 하지 않고 냉정·침착하게 눈에
들어온 것을 그린다. 비가 이 남자에게는 꽃잎이다. 비를 맞
는다, 비에 젖는다라고 표현하지 않고 "엎드린 등 위로 쌓이
는 꽃잎"이라는 역설이 이 시를 살리고 있다. 다시 말해 시인
은 어떤 사물이나 대상을 보더라도 감정을 이입해 마음을 들
썩이지 않는다. 대상과의 거리 두기를 확실히 한다. 이것이
시의 형이상학성 혹은 관념성 확보에는 큰 공헌을 하는데, 독
자는 갑갑함을 느낄 수도 있을 것이다. 이런 시를 쓰는 시인
의 창작 방법론은 "오래 졸아든 시"다. 시인은 시를 오래 달
인 한약처럼 진한 시를 쓰려고 한다. 일상성 추구를 지양하는
시인에게 이보다 더 적절한 방법이 없을 것이다.

창백한 태양 앞에서
내 안의 어둠을 달인다

바짝 졸은 어둠이 목젖에 엉겨붙는다
입안의 혀가 무겁다

당신과 나의 그림자가 겹쳐졌다
나뭇잎이 혓바닥을 세워 상처 난 하늘을 핥고 있을 때
함께 껴안은 달빛,

그 달로 목구멍을 환하게 채울 수 있을까
                              —「오래 달인 어둠」 부분

  "입안의 혀가 무겁다"는 것은 시인 스스로 자신의 시가 다변이나 달변이 아님을 천명하고 있는 것이다. "내 안의 어둠"이라는 것은 나의 아픈 과거지사나 현실의 어려움, 내면의 어둠을 곧이곧대로 말하지 않는 습벽이 있다는 뜻이 아닐까. 여기 등장하는 '당신'은 시이기도 하고 독자이기도 하다. 등단한 것은 2011년이지만 시와 함께 살아온 세월이 결코 짧지 않았으리라. 당신과 내가 함께 껴안은 달빛이다. 얼마나 많은 밤을 시인은 시를 쓰면서 밝혔겠는가.

부풀었다 말라가는 당신
바스락 흩어지며
검은 노을로 눈썹에 걸린다

오래 졸아든 시

쓴 환약으로 목에 걸린 당신

　　　　　　　　　　　　　　　　　　—「오래 달인 어둠」 부분

　한약을 달이다 시간 조절을 못 하면 졸아든다. 그런데 시인의 쓰고자 하는 시가 바로 이 졸아든 한약 같은 시다. 시정신이란 사실 말을 버려 시를 얻는 것인데, 요즈음 몇몇 젊은 시인은 시를 아주 길게, 그것도 산문조로 쓰고 있다. 행과 연을 나눠도 명백히 산문인데 시라고 발표하고 시집에 싣고 있다. 이렇게 죽죽 늘어지는 시들에 대해 시인은 "오래 졸아든 시/ 쓴 환약으로 목에 걸린 당신"이란 결구를 통해 반박하고 있다. 독자에게 박천순 시인의 시는 목에 걸린 환약 같은 시일지도 모르겠다. 읽고 바로 이해되지 않을 뿐 아니라 되풀이해 읽어도 의미 전달이 쉽게 되지 않는다. 하지만 칵 내뱉은 뒤에 다시 입에 넣고 녹여보라. 입안에 박하사탕보다 더 환하게 한약 맛이 번질 것이다. 쉽게 이해되지는 않지만 오래 읽게 하는 시, 오래 곱씹게 하는 시, 오래 뇌리에 남는 시를 시인은 지금까지 써왔고 앞으로도 쓸 거라고 믿는다. 박천순 시인이 우리 시의 공백 지점인 형이상학 시를 잘 개척해 독보적인 영토를 확보하기를 바란다.